KB126498

그때 나는 버스 정류장에 서 있었다

이서린

경상남도 마산에서 태어났다.

1995년 『경남신문』 신춘문예를 통해 시인으로 등단했다.

시집 『저녁의 내부』 『그때 나는 버스 정류장에 서 있었다』를 썼다.

2007년 김달진창원문학상을 수상했다.

파란시선 0073 그때 나는 버스 정류장에 서 있었다

1판 1쇄 펴낸날 2020년 12월 7일

지은이 이서린

디자인 최선영

인쇄인 (주)두경 정지오

펴낸이 채상우

펴낸곳 (주)함께하는출판그룹파란

등록번호 제2015-000068호

등록일자 2015년 9월 15일

주소 (10387) 경기도 고양시 일산서구 중앙로 1455 대우시티프라자 B1 202호

전화 031-919-4288

팩스 031-919-4287

모바일팩스 0504-441-3439

이메일 bookparan2015@hanmail.net

ⓒ이서린, 2020, printed in Seoul, Korea

ISBN 979-11-87756-86-6 03810

값 10,000원

•이 책 내용의 전부 또는 일부를 재사용하려면 반드시 저작권자와 (주)함께하는출판
 그룹파란 양측의 동의를 받아야 합니다.

•잘못된 책은 바꾸어 드립니다.

•지은이와의 협의 하에 인지는 생략합니다.

•이 책의 국립중앙도서관 출판예정도서목록(CIP)은 서지정보유통지원시스템 홈페이지
 (http://seoji.nl.go.kr)와 국가자료공동목록시스템(http://www.nl.go.kr/kolisnet)
 에서 이용하실 수 있습니다.(CIP 제어번호: CIP2020049096)

•이 책은 경남문화예술진흥원의 문화예술지원금을 보조받아 발간되었습니다.

그때 나는 버스 정류장에 서 있었다

이서린 시집

당신을 본다
살아 있다는 기척을 보여 주는 나

어두워지는 하늘을 배경으로 선
완강한 나무처럼
당신은 그렇게 오래 있어라

나,
당신에게 가는 중이니

차례

제1부

저, 새

바람에 비가 날린다

빗방울 매달린 검은 전깃줄

하염없이 비를 맞고 있는 새

꼼짝 않고 저 비를 다 견뎌 내는 새

울지도 않고

날지도 않고

비에 젖어 옥상 난간 한참 서성이던 그때처럼

오지게 젖고 있는

저, 새

그러나, 꽃

수백 개의 입술이

아니, 가늘고 보드라운 수만 개의 입술이

속살대며 떨리는 촉촉한 키스처럼
가만가만 이마에 하나 둘 닿더니
어느새 발등에 미친 듯이 퍼붓고

제발 좀 보라는 듯
나 여기 있다는 듯 애타는 연분홍 사태
소리 없이 펑펑 쏟아지는 눈물 같은
저 고요한 설움을 차마 어찌 밟고 가나요

작별쯤이야

큰소리치던 날들은 벌써 잊었군요
무성한 기약 뒤엔 조그만 혓바닥이 슬프다는 걸
변하는 건 사랑이 아니고 사람이라는 걸
연인들은 종종 늦게 깨닫는다지요

도무지 거절하기 힘든 따스한 숨이라면요
덧없는 맹세인 줄 알면서도 피우느라 지우느라
밤새 뒤척이는 격정의 봄밤이라면요

숨 한 번 돌릴 사이 사라지더라도
함성처럼 피다 소나기처럼 끝난다 하여도
사랑은요
벚꽃은요
서러움 뒤에 오는 허무라 해도

그러나, 꽃이잖아요

젖은 발목으로 날아가는 새
— 섬진강에서

강이 보였다. 목 잘린 산 그림자가 어룽거렸다. 붉은 흙덩이 쏟아 낸 건너편 비탈. 바람이 일으킨 파문에 산산조각 부서지는 물살들. 물에서도 소리가 날 것 같은

서서히 핏물 번지는 하늘. 어린나무를 옆으로 눕히며 바람은 불고 나는 맨발로 모래밭을 걸었다. 발가락 사이사이 파고드는 차가운 모래 알갱이. 푸르스름한 발등을 흘러내리는 부드러운 모래의 기척. 디딜 때마다 발바닥에 전해지는 지구의 단호함에 몰입하면서 성글게 핀 풀들의 의지를 보았다.

걷다가 주저앉아 바라본 강물이 눈높이에서 헤적일 때 아주 잠깐, 강물에 발목을 적신 새와 마주쳤다. 우울한 인간쯤이야, 새는 당황하지도 도망가지도 않았다. 저렇게 작은 몸으로 낯선 공포와 마주하기까지의 시간을 짐작만 할 뿐 나는 꼼짝도 할 수 없었다. 까만 콩 같은 눈동자. 흔들림 없던 엄마의 마지막 눈빛이 저러했을까

몹시 여린 발목으로 몇 발자국 옮기다 날개를 펼치는 새. 한마디의 울음을 남기며 새는 날아가고 나는 추운 줄

도 모르고 오래 그 자리에 앉아 있었다. 신기루처럼 사라진 새의 잔상. 만약 계속 삶이 이어진다면 생이란

　이런 순간일 것이다. 나무가 바람에 몸을 굽히고, 강물은 눈높이에서 흐르고, 발가락 사이 느껴지는 차고 부드러운 모래, 잠깐이지만 마주친 작은 새의 눈망울과 젖은 발목, 잊을 수 없고 만질 수 없는 얼굴과 체온에 대한 기억을 간직한 채 견뎌야 하는

스위치아웃
—불면의 밤에는, 애인아

목구멍 가득 말을 삼켰지

쇳소리 나는 말들을 삼킨 그 밤, 나는 귀가 아파
잠도 꿈도 설익은 밥알처럼 둥둥 떠다닐 때
너는 세상 어디에도 없는 주파수처럼 잡히지 않았지

밤을 기다리는 불온한 사람아
우리가 결합했던 적이 있었나
반짝, 순간의 불꽃이라 하여도
발화하여 흔적 없이 사라진다 하여도

음극과 양극의 비밀스런 전류는 얼마나 매혹적인가

떠도는 말들을 귀에서 귀로 흘려보낸 검은 밤의 침묵과
어쩔 수 없었다고 외치는 네 붉은 혀의 슬픔

상처를 받고 상처를 깁는 사람들의
방, 불은 켜지지 않거나 꺼지지 않거나
틀어막은 입에서 나오는 신음이거나 길 잃은
작은 짐승 소리이거나

꺼지지 않는 불을 환히 밝히고 오늘 밤도 건너야 한다면
불가능한 잠을 기다리는 무수한 양 떼와 함께
이 밤을 빨간 눈으로 스위치인하는 건

또 얼마나 황홀한가

자작나무처럼
—캄차카반도에서

발해부터 붉은 피를 흘리고 흘려 살과 함께 광야에 뿌
렸다

하얀 뼈들이 가지런한 저 들판
우우우 울다가
저벅저벅 걷다가
때론 멈추어 해바라기하는
하얀 뼈들의 행진

피로에 지친 혁명의 냄새들이 몸을 쉬던 숲
눈 덮인 설원에 울렸을 늑대들의 긴 하울링

얼음 같은 강물 따라 머리 풀어헤치고 나는 가네
울지도 않고 웃지도 않고
거친 바람에 뜯기며 나는 가네
흰 이를 드러내 지지 않는 태양을 물고
핏물 번진 하늘을 향해 나는 가네

우리가 손을 잡고 왔던가

어느 결에 각자 걸어가는 무수한 발자국
너의 등을 바라보며 나는 또 등을 보이고
알 수 없는 생각에 안개가 덮치고
순식간에 사라진 옆이 슬펐다

마디마저 아름다운 하얀 정강이
군락을 이룰 때 비로소 아름다운
자작 자작 서 있는 눈부신 뼈처럼
광활한 하늘 아래 행진하는 저들처럼

그래 우리, 서로의 곁이 되었으면

곰팡이

#1

꽃이라 하면 안 되나

#2

세상에 나오려 필사적으로 번지는 저,
스멀스멀 타고 오르는 기억처럼
어둠의 체액을 먹고 자라는 눈물처럼
꺾을 수도 뽑을 수도 없는

#3

이 방이에요, 그 사람이 사라진 장소가

#4

창을 열어도 밖은 벽
빛이라곤 형광등이 전부인 동굴 같은 방
밤마다 환청처럼 들리는 물 흐르는 소리

찬 바닥에 귀를 대고 엎드리면
소리 따라 먼 강가에 닿을 것 같아
핏줄이 넝쿨처럼 뻗어 갈 것 같아

#5

꽃이라 하자
팽팽한 습기를 빨아들여 무럭무럭 자라는
침묵의 항변
입속에서도 움트는 지독한 목숨

#6

아무도 침입한 흔적은 없었어요. 문도 안으로 잠겨 있
었고 창문은 누가 들어올 만한 구조가 아니고요. 이사 와
서 왔다 갔다 하는 것을 몇 번 보긴 했는데 한동안 보이지
않더라고요. 월세가 두 달 밀려서 찾아왔더니……

#7

어느 날 한 사람이 사라진 방에 도배하듯이 만개한
검은 포식자
방 안 가득 뒤덮은 무서운 속도
반지하에서 그가 보았을 세상의 거리
스스스 자욱한
슬픈 냄새가 숨긴 한 생의 흔적

#8

꽃이 되고 싶었던
한때는 누군가의 꽃이었던

거룩한 계보

친오빠라 하였어. 둘째 이모의 아들인 줄 알았던 그가. 붉고 긴 손가락으로 맛있게 담배 피우는 법을 가르쳐 주던, 우리 집 근처에서 맴돌던 그 눈빛을 비로소 알게 된 밤. 진눈깨비는 소리도 없이 내리고. 어쩌나. 엄마는 계속 뻑뻑 담배만 피우네. 이젠 네가 감당해야 할 비밀이라는 듯, 이 빠진 그릇에 재를 털면서 가끔 얼룩진 천장만 바라보네. 나는 오래된 장판을 손가락으로 문지르면서 두근거리는 가슴을 시치미 떼고 있었어. 조직의 넘버 투로 가끔 교도소에 갔다 온 그가 나의 친오빠라니. 둘째 이모도 아버지도 세상을 떠난 자리에 루돌프의 썰매처럼 들어온, 핏줄이라 부르는 그의 존재. 내일은 성령으로 태어났다는 예수의 성탄절인데 엄마를 이모라 불렀던 그의 탄생은 무엇이라 해야 하나. 문밖은 흰 점들이 점점 뚜렷해지고 열일곱 살 끄트머리, 인생은 무거운 완장을 또 하나 채워 주네. 적막 속에서 캐럴 송은 들리는데

저녁이 온다는 것

1.

만장처럼 나부끼는 대숲이 울면
멀리 가던 새들도 따라서 울고
먼 산머리에 잠시 섰던 구름은
식어 가는 입술처럼 검어져 간다

2.

바람이 어디에서 오는지 몰라도 지나가는 방향은 알게
되었을 때 바람에도 눈시울이 있어 붉을 때가 있다는 것

3.

마음에도 등뼈가 있어 충격이 오면 휠 수가 있다는 것

4.

젖은 대나무는 소리를 내지 않고
돌아서는 심정도 소리를 내지 않고

이만큼 내려가면 바닥이 보이는 걸
글썽, 구름 하나 눈에 들어오는 걸

5.

세상이 온통 너의 뒷모습 같아도
하염없이 쓸쓸한 노래를 안다 하여도
캄캄한 창에 이마 대고 손 안경을 만들어도
아무것도 보이지 않을 때가 있어도

6.

그때라는 것
흐름이라는 것
그래 그런 것이라는 것을 알게 된 것이
어둑, 어둑 잠기는

아버지의 꽃

어시장 왁자한 어물전마다
커다란 고무 통 찬물에 잠긴
다발다발 무수한 주홍빛 돌기

봄이다

어린 딸들은 마루 끝에 앉아 햇볕을 받고 어머닌 수돗
가에서 멍게를 손질하였고 맨드라미 꽃씨를 심는 아버지
의 손목에 선명한 힘줄, 가장의 의지가 꿈틀거렸다 이윽고
작은 술상이 차려지고 아버지는 손을 비볐다 맛있는 것을
앞에 둔 아버지의 버릇, 햇빛에 반짝이는 술잔 알싸한 멍
게 향이 일요일 오후에 스몄다 딸 셋을 나란히 앉혀 놓고
붉은 낯빛의 아버지는 부드러운 저음으로 선창을 불렀고
음치에 가까운 어머니의 봄날은 간다가 이어졌다 애들아,
아버진 말이다 봄이 오면 멍게가 단연 좋더라 이 바다 냄
새가 참 좋더라 바다에서 피는 꽃 같지 않냐 초장에 찍은
멍게를 먹이려는 아버지와 한사코 싫다는 딸들의 실랑이
가 오가는 이른 봄날

선창도 사라지고 그 봄날도 갔다

오늘은 어시장에서 멍게 한 봉지를 샀다
아버지 생전에 꽃이라 했던
그러니까 입안 가득 봄 바다다

그대가 나에게 올 때

출렁,
그대가 온다

네거리 교차로 횡단보도 너머
와르르 쏟아지는 사람들 사이
솟아났다 가라앉다 수차례
그대가 땅속을 몇 번 들어갔다 나왔는지 나는 짐작만 할
뿐

신의 뜻이겠지
신의 뜻일 것이다
신은,
왜

기울어진 몸만큼 무너진 청춘을 짚고
겨울 강가에서 입술을 깨물었다는 그대의 문간방은 자
주 젖었다지
기우뚱 내려가는 어깨의 깊이로
지상의 파동에 예민한 한쪽 발의 감촉
지하에 이르는 길을 잘 알 수 있댔지

동굴 같은 시간을 헤매며 더듬다
어쩌다 이만큼 오게 되었다지
온 빛을 지닌 그대 얼굴은

신호등은 바뀌고
숨 가쁜 물살처럼
기슭을 향하는 작은 배처럼
출,
　렁

그대는 온다

북면

북쪽의 얼굴이란 이름이 마음에 든다 하였다, 그는
북면(北面)이란 이름은
사방 어디에서도 북면이며
동면도 서면도 남면도 아닌, 북면
이라는 발음이 마음에 든다고도 하였다
복면처럼 들리기도 하여
표정을 알 수 없는 복면을 썼을 것 같은
북쪽의 얼굴

싸움에 패배한 상처투성이 고양이의 울음과
오래된 농기구만큼 늙은 몸들이 절룩이며 지나는 들녘
감밭을 종횡무진하는 까치 떼가 마을 사람보다 많은
대문 밖이 저승같이 깜깜한 밤
들에서 일하던 그가 달빛을 긋고
북두칠성을 몸에 새긴 채
그림자를 끌고 돌아오는
먼, 곳

어둠에 묻힌 그의 뒷모습과
돌아오는 새들로 무성한 대숲 소리

간혹 우울한 짐승의 울음이 밤하늘에 퍼지는

여기는 아직

북면의 안쪽

죽음의 기록

노란 조끼에 카메라를 든 남자들이 그 집 대문을 들락거린다 과학수사대라는 글자가 등에 새겨진 무리와 경찰이 이렇게 많이 마을에 들이닥친 적은 없다

마을 정자나무 아래 얼굴을 감싸거나 두 손으로 입을 막은 채 망연자실 서 있는 노인들, 얼굴의 검버섯이 더욱 어둡다

그 집, 마당 안쪽 솥이 걸려 있는 화덕 앞에 주저앉아 울다가 중얼거리다가 하는 월촌댁의 늙은 맨발이 까맣게 그을려 있는 칠월 오후

차마 아무 말 못 하고 뒤늦게 달려온 아들 앞에서 월촌댁은 실신할 듯 울어 쌓는데 문간방 열린 문 사이로 김 씨는 대자로 누워 긴 낮잠에 든 듯하다

내사 땅이 놀고 있는 꼴은 못 본다, 다리 절며 평생을 농사에 바친 아버지 위해 포클레인으로 김 씨 몰래 밭을 갈아엎은 아들

이제 자신이 이 세상에 쓸모없다며 넋두리하던 김 씨, 월촌댁이 잠깐 집 비운 사이 점심 대신 소주에 농약을 타 마시고

카메라 플래시가 수없이 터진다 감식원이 기록하고 경찰은 어딘가로 계속 전화를 하고 곧이어 구급차가 김 씨를 들것에 실어 나가고 썰물처럼 무리가 떠나고

열린 문간방엔 쓰러진 술병과 두루마리 휴지, 때 묻은 벽엔 빛바랜 감색 셔츠와 종친회 기념 모자가 주인 잃은 빈방을 지키는데

대문 옆 점점이 찢긴 심장 같은 칸나, 지는 해에 검붉게 흩어지고 먼 데 소쩍새 울음 사이, 마을은 조심스럽게 등을 켠다

밤이 손금을 읽으면

산골의 밤은 이승도 저승도 아닌 시간

한 걸음만 내딛어도 벼랑일 것 같은
문밖 세상은 깜깜한 허방이다

한 시간째 울고 있는 뒷산 소쩍새
왜냐고, 도대체 왜,냐고 묻는 고라니의 울부짖음

온전히 다 듣고도 침묵하는 암흑천지에
나는 잠들지 못하는 불온한 사유

검은 하늘 건너오는
차가운 유리창에 손바닥을 대면

밤에게 손금을 읽힌 변방의 집은
순식간 잔별 같은 소름이 돋는다

그래 무엇이란 말인가

문 열고 시커먼 장막으로 몸 넣으면

밤은 바다처럼 깊고 검어

나는 그냥, 아득히 침잠하다
마침내 이곳과 저곳의 꿈을 엿보고

왜, 그럴 때 있잖아 지긋지긋해서 슬픈

20년 달린 차는 오르막에서 더디고

끔찍한 엔진 소린 고막을 긁어 대고

라디오에선 잡음 섞인 팝송이 흐르고

겨우 한숨 돌릴라치면 터널이 시작되고

터널을 나오면 숨넘어가는 해

죽은 고양이의 말라붙은 털 붉게 물들이고

이렇게 차를 몰다 영영 사라질 것 같은

나는 왜 사는지 무엇이 현실인지

그사이 빨려들 듯 진입한 도시

도로는 막히고 넌 계속 통화 중

어둠은 기습처럼 사물을 지우고

분명 집은 있는데 너무 멀리 있어

들리지 않는 목소리 애써 찾아가지만

차창 밖 불빛만 끝없이 이어지고

미야모토 무사시의 오륜서에 의한 변주

—폭풍주의보

땅(地)의 장

기상 캐스터로부터 녀석의 소식을 전해 들었다
내일 올 터이니 마중 나오라고
—그도 처음에 그렇게 찾아왔다

지방도로 60번 표지판을 지나 강 쪽으로 휘어지는 길
시작부터 만만찮은 녀석과 마주하며 강둑에 선다
—그날도 이렇게 시작되었다

왁살스럽게 외투 자락을 잡아채며 선방을 날려 오는 놈
의 기세
사정없이 달려오는 녀석의 검에 속수무책
왼쪽 옆구리를 베이고 만다
순식간에 쏟아지는 시퍼런 강물
—운명은 예고도 없이, 피할 겨를도 없이 덮칠 때가 많다

창백한 낮달이 휘청거리고
잎도 없는 나무들이 아우성이다
—운명은 받아들여야 한다고 사람들이 말하였다

물(水)의 장

녹슨 자국이 자랑처럼 선명한 만물 트럭
스피커를 틀어 놓은 채 신나게 달리고 있고
마주 오는 트럭을 피하는 자주색 점퍼의 노파가
기우뚱 걸음을 옮길 때마다
와장창 물억새가 흩어진다
―그날도 바깥세상은 무심하게 흘러갔다

이까짓 것, 나는 억새풀을 맨손으로 훑으며
녀석의 심장을 향해 달려간다
―물론 나는 운명에 저항하였다

불(火)의 장

머리카락을 날리며 녀석의 몸통을 가로지르자
가소롭다는 듯 웃어넘기며 몸을 날리는 녀석
제기랄, 허리께에서 계속 쏟아지는 시퍼런 강물
의지와 상관없이 차갑게 굳어 가는 다리와 팔

—거짓말처럼 돌아서는 세상, 혀가 있다는 것이 슬펐다

단추를 뜯긴 외투 자락은 깃발처럼 펄럭이고
감각을 잃은 얼굴과 입술은 움직여지지 않고
—순수란, 순정이란 무엇일까

바람(風)의 장

녀석의 거친 숨소리는 점점 커진다
다리가 풀린 나의 뒷덜미를 가볍게 칼등으로 치고 날
아오르더니
건너편 강기슭에서 휘파람을 분다
—조롱 섞인 눈빛을 받아 본 적 있는지

그러다 슬로우 비디오로 물비늘을 뜨며 다가오는 녀석
의 검
햇빛에 칼날이 반사되는 순간
스윽, 단숨에 나의 정수리를 베고 지나가는 소리
—몇 번씩 죽었다 살아났던 날들이 이어지고

눈앞 가득 차오르는 강
차가운 바닥이 등뼈를 타고 스며든다
오늘 멋지게 한판 잘 놀았다고
녀석이 강가 대숲에서 손을 흔든다
—버틴다는 것, 견딘다는 것의 고독

비어(空) 있음의 장

만신창이 같은 몸이 오히려 후련해질 때
찢긴 몸이 새처럼 날아올라
생을 관통하는 이 검법
—바람이 지나간다 하늘이 강을 덮는다

울음의 두께

아직 태어나지 못한 울음이 있다

도무지 가늠할 수 없이 검고 어두운 바람 소리로 창을
닫아도 커튼을 내려도 사방에서 밀고 들어와 몸을 빨아들
이는 울음이 있다

여덟 살의 머리 위로 해는 넘어가고 사람을 삼킨 기차
는 길게 울었다 밤길을 한달음에 달려왔지만 기어이 대문
에 걸려 흔들리던 조등의 불빛, 각혈 자국 선명한 수돗가
엔 빨다 만 옷가지가 흩어졌었다 치자꽃 향기 울컥 몰려
오던 밤의 교정에서 끝내 귀신으로 한 번 보았던 사람, 핏
물 어린 입술 깨물며 술잔을 치고 무덤에서 불렀던 이름
도 있다 굽은 골목 더듬더듬 손전등도 없이 훌쩍이며 헤
어진 길을 되짚어 간 시간은 아직 거기 있을까, 세상의 난
간에서 펄럭이다 펄럭이다 찢어진 깃발은

그 밤마다 잠들지 못한 짐승이 있다
어쩌면 차마 눈감지 못한 전생의 울음

밤은 곳곳에 늪을 만들어 푹푹 발이 빠지고 백 년 넘은

나무가 안개 속에서 운다

세상의 끝을 건너면서도 끊어지지 않는 울음의 두께
나는 이름 하나를 또 보탠다

제2부

즐거운 오독

시인 B가 시집을 보내왔다
기운 가문 고임용으로 쓰여도 무방하다는 문자와 함께
이런, 가문이 기울어 간다니
가슴이 뜨끔해 다시 읽으니 기운 가구 고임용을
잘못 읽은 거다
아, 사람은 자기 위주로 오독도 하는구나
혼자 웃다 곰곰 생각하니
가문이나 가구나 기울어 가는 것은 매한가지
시 하나가 기우는 생 받칠 수 있다면
가구라도 넘어지지 않게
튼튼한 시 하나 지을 수 있다면

꼬리

저 꼬리 봐라
대문을 들어서기도 전
맹렬하게 흔드는 저 꼬리 좀 봐라
때려야만 팽팽 돌아가는 팽이보다 오래
쉬지 않고 돌리는 순정한 것들
긴 혓바닥 선홍의 속살 보이며
순식간에 달려와 핥는 애정의 행각
생각보다 마음보다 먼저 반응하는
몸의 기억
격하게 꼬리 치는 본능적인 사랑
당신 보여?
당신만 보면 숨 가쁘게 꼬리 치는 내 마음
먼발치 당신만 보면 이미 피어나는 내 얼굴
나를 보면
당신도 저렇게 꼬리 쳐 줄래?

존재를 켜 두고 있는 중입니다

구부정한 어깨의 남자가 개를 데리고 산책합니다. 검은 점퍼에 반쯤 대머리 하얀 개와 서성이는 공사장 근처, 거대한 커피숍이 들어설 예정인 저곳은 한때 오도카니 국숫집이 있던 자리. 허허벌판에 국숫집이 생기고 도무지 장사가 될 것 같지 않은 가게 앞 벚나무가 일 년에 한 번 꽃그늘을 만들면, 국수 삶던 여자는 잠시 나와 이마에 손을 대고 하늘을 보고 나무에 매인 개도 하늘을 보고. 국수를 먹거나 근처를 오가며 매번 보태던 나의 염려에 대답 없이 웃던 여자가 사고로 죽고 국숫집도 사라지고 감쪽같이 사라지고. 전 남편인지 동거남인지 구부정한 어깨의 남자, 여자가 키우던 개를 데려와 가끔 국숫집 있던 자리를 배회한다는군요. 국수 대신 커피가 채워질 자리엔 들썩들썩 사람들이 몰려오겠지요.

누가 살다 간 장소를 기억하고 누군가를 떠올릴지도 모를 누군가에 의해 존재는 계속 켜져 있을 테지요.

노을의 이쪽

나방을 죽였다

순식간에 일어난 일

며칠 지났는데도 날개 펼친 그대로 벽에 붙어 박제가 된
나방

열어 놓은 창으로 저녁 바람이 불었다 순간, 파닥이는
날개

바람의 숨을 받아 날아가고 싶은 날개의 의지라면
아직 한 호흡 남아 있는 거라면

죽은 나방을 조심히 떼어 마당의 나뭇잎에 올려놓자
나의 모순 비웃듯 바람은 멈추고

더 이상 흔들리지 않는 나뭇잎
더 이상 파닥이지 않는 날개

어쩌나, 움직이지 않는 날개에 번지는

저 노을은

귀에 남은 그대 목소리

건너지 말아야 할 길 이미 건넜다면
붉어서 슬픈 입술로 그댈 부르겠어요

애증의 태양 아래 서둘러 떠난
허무한 약속은 시든 꽃같이
다시는 피지 않을 차가운 땅에
혀를 잘라 피를 흩뿌릴 텐데

그대가 의미했던 그 말과 표정
도무지 눈치채지 못한 순간 치고 들어와
타오르는 불빛으로 재를 만들어

입술 깨문 시간과 깨진 달 아래
집으로 돌아가지 못한 사람 서성이는 창백한 거리
굳어 가는 목소리라도 불러 보겠어요

그 이름 멀리 울려 그대 귓가에 닿을 즈음
나는 이 세상에 없는, 사람

●귀에 남은 그대 목소리: 비제의 오페라 『진주조개잡이』 아리아 제목
에서 인용.

두둥실, 입술

—유등 축제에서

저녁이 오면 먹빛으로 몸 바꾸는 강물 따라
알전구 같은 얼굴들이 흘러간다

즐거웠던 한낮의 소란과 저녁에서 밤으로 가는 빛의 소요

어둠에 대한 두근거림과 숨 가쁜 시간이 겹치고

검은 하늘이 집어삼킨 흔들리는 등불과
깨진 파편 같은 수만 개 애기 등불이 촘촘한 밤

차가워진 나의 손을 꼭 쥐고 입김을 불어 주는 당신 얼
굴 뒤로

휘영청
유등이 떠오르고 있다

에인다는 것

검정 고무신 뒤축 뒤집어 나뭇잎 하나 올리고 물 위에 띄우면 돛단배처럼 개울 따라 돌돌돌 누가 누가 멀리 가나 내기하다 놓친 끝내 잃어버린 고무신 한 짝. 엄마한테 반쯤 죽고 꿈에서도 서럽던 그날 이후

저벅저벅 닳은 뒤축으로 세상을 건너와 현관에 벗어 놓은 구두를 보면, 먼지 묻은 채 입 벌린 구두를 보면, 소리 없는 비명이 들리는 것 같고 배고파 우는 아이 같고, 밤새 허공 헤매다 잊었던 기억 찾아 떠날 것 같은

가야만 했던 길 떠난 구두의 절규가, 돛도 사라지고 닻도 없이 영영 돌아오지 않을 고무신 한 짝이, 깜박이는 외등처럼 생각나는 거야 가끔 가슴 에이도록 생각나는 거야

불그림자

밤이다, 하늘과 강물의 경계가 불분명해지자

당신과 나의 경계가 뚜렷해진다

인간이 만든 자욱한 먼지

점점 환하게 타오르는 등불과 등불

잡았던 손을 놓자 낯선 사람들 사이 순식간에 멀어지는
간격

거짓말처럼 사라진 당신의 어깨

잠깐 숨을 멈추었을까 걸음을 멈추었을까

어느새 다시 내 앞에 선 당신의 눈

흔들리는 유등의 불그림자를

본 것도 같은

손암일기(巽菴日記)

용아, 밥은 먹었느냐. 저녁상 치우고 마당에 서니 바닷바람 사이 마악 별이 돋는구나. 강진의 초가지붕에도 저 별빛은 가닿으리라 생각하며 마음은 그렇게 먼바다를 서성인다. 검고도 깊은 바닷물이 사방에 진을 치고 오가기도 자유롭지 못한 처지라 캄캄한 밤을 꼬박 지새우기도 한 숱한 날들. 신념과 현실 사이 술잔은 출렁이는데 너 역시 어찌 견디고 있는지. 오래전 동림사(東林寺)와 천진암(天眞庵)의 추억에 노를 저어 바다 건너 강진을 갔다가 되돌아오기를 여러 번. 바닷바람이 행여 아우의 안부를 전해 줄까 싶어 두 손으로 귓바퀴를 모으기도 하였지만 갈매기 울음만 하늘을 헤매더구나. 사리마을 검은 땅에 꽃 필 때 네가 오겠다던 기별은 받았다만 살아생전 다시 만날 수 있을까. 우리 다산(茶山)의 목소리를 들을 수나 있을까. 천지는 밤에 잠기는데 파도 소리 점점 거칠어지는데

● 손암(巽菴): 정약전(丁若銓)의 호.

57

곤포 사일리지

밤새 누가 슬어 놓았나
그루터기만 남은 논 한가운데 저 희고 둥근 알들

지난날 뜨거운 태양과
차운 밤 쨍하던 달의 합방이 있었나
그 여자와 백 년은 사랑하여
축구단 하나쯤 거뜬히 만들겠다며 떠난
그대의 자식들인가
새로운 날 꿈꾸며 아프락사스를 찾아 부화를 기다리는
이번 생의 알들인가

사랑한 끝에도 남는 것은 있다고
따뜻한 입김 품고 팽팽하게 감싼 알의 의지

눈보라도 거친 바람도 막지 못할 단잠의 원형처럼
추운 밤 웅크리고 꿈꾸는 번데기처럼
우화의 기억을 촘촘히 새겨 겨울 벌판쯤
끄떡없이 버티는

저기 논 한가운데 알 깨고 날아갈 그날을

기다리는 둥근 꿈들의 긴긴 겨울잠

●곤포 사일리지: 수분량이 많은 목초, 야초, 사료작물 등을 진공으로
저장 및 발효하는 것.

화요일에 비가 내리면을 듣는 날

바람에 비가 날린다
검은 전깃줄에 송송히 매달린 빗방울들
대문간 계단에는 젖어 있는 화분이 몇 개
땅에 흩어진 시든 꽃잎의 자홍색이 선명하다
아무도 오지 않는 집
식은 찻잔 손에 쥐고 쪼그려 앉은
비
오는 날

불타는 짬뽕

개새끼, 여자가 누구에게 하는 소린지 큰소리로 씩씩대며 혼자 들어선다. 밥 먹고 다시 보자며 의자를 왈칵 빼며 앉고는 한쪽 다리를 옆 의자에 올린다. 늦은 오후의 중국집 식당을 선풍기는 연신 훑고 있다. 내가 콧구녕이 두 개라서 숨을 쉰다. 플라스틱 부채를 급하게 흔드는 여자의 굵고 늘어진 팔뚝이 출렁인다. 땀방울인지 눈물방울인지 뺨을 타고 흐른 세로줄이 선명하다. 사랑? 염병! 내 관뚜껑 썩기 전엔 어림없다. 아무도 없는 출입구를 향해 쏟아 내는 여자의 악다구니. 얼마나 화가 치밀면 부끄러움도 없이 저럴까, 좀처럼 가라앉을 분위기가 아니네. 주인은 말없이 찬물 한 컵을 탁자에 놓는다. 단숨에 물을 들이켜는 여자의 처진 턱밑으로 머리카락이 엉켜 있다. 파운데이션이 얼룩진 얼굴은 식당의 벽지처럼 빨갛고, 윤기도 없이 구겨진 핸드백은 꽃무늬 블라우스로 더욱 초라하다. 휴지로 눈가를 닦는 여자의 숨소리가 차츰 가라앉자 선풍기의 모터 소리가 커진다. 중얼거리며 혼자 고개를 끄덕이던 여자가 마침내 결심한 듯 주인을 부른다. 사장님, 여기 짬뽕 하나요!

엄마와 장미

1.

거짓말처럼 너거 아부지가 떠났제. 몇 날을 지새우고
쏘주 두 병하고 농약을 들고 무덤에 안 갔나. 눈물 콧물 쏟
으며, 쏘주 한 병 반을 비우고 남은 반병에 농약을 탔다 아
이가. 오데 가냐고 묻던 너거 생각에 몸은 떨리고, 너거 아
부지는 보고 싶어 죽겠고. 우짜노, 이제 우찌 사노 울다 울
다 까무라쳤제. 정신 차렸을 땐 사방이 캄캄하데. 흙범벅
눈물범벅, 얼굴하고 옷은 말이 아니었제. 기다시피 산을
내려와서 한참을 기다리다 택시를 잡았는데, 아이고 참,
힐끔 쳐다보던 기사가 귀신 본 것맨치로 고마 달아나삐데.

2.

언제부터인가 숨이 멈출 것 같은 엄마를 견디게 해 준
것은 장미였다. 햇빛은 눈곱만치도 들어오지 않는 사글셋
방. 장미가 피어 있는 담뱃갑과 아버지가 쓰던 스텐 재떨
이. 가늘고 긴 장미 하나를 엄마는 아끼며 세 번 나누어 피
웠다. 나는 쿵쿵 엄마의 손가락 냄새를 맡다 몰래 하나 꺼
내 피웠다. 끔찍하였다. 독한 것을 삼키며 버틴 엄마의 인

생에 나는 꽃이 되고 싶었다. 장미를 선물 받으면 마냥 좋
아했던 엄마의 얼굴. 간간이 부엌에 쪼그려 앉아 장미를
피우던 뒷모습. 피어오르던 연기에 장미는 사라지고 나는
끝내 엄마의 꽃이 되지 못하고

수돗가에 뜬 달

마을 해치 장구 장단 젓가락 장단에 부부는 일찌감치 해 당화 낯빛으로 감 냄새 풍기며 대문을 열었다

눈 흘기는 어린 딸의 볼 비비는 젊은 아비의 턱수염, 딸 의 뺨에도 채송화가 피고

이미 물 건너간 저녁밥에 잔뜩 부은 볼 세상모를 조그만 계집아이의 심사(心思)

지아비에겐 여전히 어여쁜 젊은 지어미가 비틀비틀 수 돗가에 쪼그려 앉는다 앉으면서 몸뻬를 쑤욱 내리곤 쏴아 아 한바탕 소낙비를 내린다

씨이, 대문 옆에 변소 있잖아 삐죽거리는 딸의 손을 꼬 옥 잡는 아비

허허, 수돗가에 달이 떴네 오늘이 보름인가 내일이 보름 인가 저 희고 고운 달 좀 봐라

그 해도 그 달도 지고 없는데

비 오는 달밤은 언제 또 보나

뭉클한 나무

희고 검고 동그란 돌들이 인사하듯
햇빛에 반짝이는 강가
순한 몸짓으로 해바라기하는 미루나무 사이
포물선 길게 그리며 날아가는 새의
기분 좋은 잔상
조금씩 늙어 가는 사람도 천진하게 웃는
먼 강물의 고요한 흐름
추억의 궁륭이 될 작은 소란 속
얼굴과 얼굴이 모여 밥을 먹는다

각자 알맞은 돌에 앉아 밥을 비우고
구름 잠긴 강물에 손 담그면
물수제비 띄우는 아버지와 아들의 배경이 되는
강가의 오월은 불멸의 초록으로 출렁인다

먼 산과 들 땅거미 자욱하게 번지는
저녁 하늘 가장자리 검푸른 산머리
문득 세상 집들 불 밝힐 때
별빛 내려 몸 씻을 강물 차게 흐르겠다

미루나무 쓰다듬고 집으로 가는 길
손바닥에 고이는 나무와 물의 향기
나는 강물이거나 혹은 미루나무이거나

오월 편지

계절이 바뀌고 있어요 어머니
장독대 옆 머위 잎도 커져 가고요
어린 초록 무화과에 그늘지는 오후
어김없이 뻐꾸기보다 먼저 찾아오는 소쩍새 울음에
앞산을 한 번 더 쳐다보는 날이에요
개미들이 줄지어 화분 밑으로 사라지는 풍경을
골똘히 바라보는 순돌이의 쫑긋거리는 귀
울타리로 심은 찔레꽃 향이 바람을 타고 번져요
어릴 적 어머니 앞섶에서 맡았던 냄새
연분홍 찔레는 언제 저리 피었을까요
당신 가신 지 벌써 몇 해
꼬리 흔들며 반기던 월이 달이 묻은 지도 한참이에요
고것들 뛰어놀던 살구나무 아래
꿈결처럼 노니는 하얀 나비 두엇
작별해야 할 것은 아직 많고
눈감는 순간에도 꽃은 필 테지요
저절로 오고 가는 삶의 연속성에서
추억은 문득 켜지는 별 같기를 바라다
성큼 다가온 저녁
훌쩍 큰 아이가 돌아오겠지요

등 밝히다 맨발로 달려가 안을 때
찔레꽃 향기 물씬 났으면 싶은
그립다, 편지 쓰는 오월이에요 어머니

남겨진 길

마루에 엎드려 밖을 본다

쏴아아
들판을 건너는
바람의 길이 보인다

산비둘기 감나무에 앉았다 가고
심심한지
한낮에도 우는 닭
그 위를 지나는 경운기 소리

멀리
버스 지나간다
남겨진 길
햇살에 더욱 하얗다

제3부

뻘뻘

아버지의 커다란 손을 잡고 뒤뚱, 보폭을 맞추려 종종
거리는 어린 계집아이. 팔월의 뙤약볕에도 휴일 한강공원
은 가족이나 친구, 연인들로 와자한데 유독 나의 시선을
붙잡는 젊은 아버지와 딸. 하얀 셔츠와 헐렁하고 검은 통
바지의 쪼그만 소녀는 새빨개진 얼굴로 가느다란 머리카
락이 뺨에 엉겨 붙은 채 뻘뻘, 땀을 흘리며 분명 흠뻑 젖었
을 손으로 제 아버지의 손을 꼭 잡고 가는데. 덥지도 않나.
단발머리 나폴나폴 세상천지 가장 신나는 표정으로 오로
지 그 순간에 집중하여 주위 사람도 땡볕도 아랑곳없이 땀
흘리며 달려가는 저 힘은 무엇인가. 시원한 바람도 없고
그렇다고 달콤한 아이스크림 하나 손에 쥐지 않고 무더위
를 두려워하지 않는, 저 기쁨은 어디에서 오는가. 뜨거운
태양도 불쾌하게 축축한 옷자락도 땀에 젖은 얼굴이 빨갛
게 달아오르는 것도 저 쪼그만 아이를 멈추게 하지는 못하
는구나. 아버지의 손과 저의 손이 꼭, 이어진 여름 한낮의
공원이 지금 저 아이에겐 세상의 중심. 아아, 기특하고 부
러워라. 뻘뻘 땀 흘리는 저 작고 온전한 세상이

벼락을 피하는 방법

작당한 듯 빗줄기들이 모여들었다

이에 질세라 천둥도 천지를 뒤흔들고

어쩌자고 번개까지 거드는지

번쩍일 때마다 파르르 떠는 작고 여린 잎들처럼

마루에 붙어 앉은 새파란 입술의 어린 딸들

벼락이 떨어질까 집이 떠내려갈까

꼭 끌어안고 엄마만 쳐다볼 때

연기가 지붕을 감싸면 벼락이 안 떨어진다는 옛말에

엄마는 뻑뻑 담배를 피우다가

마루 한가운데 세숫대야를 놓고 신문지에 불을 붙였다

마루엔 연기가 차오르고

엄마는 쪼그리고 앉아 연신 담배를 피우고

딸들은 무릎 맞대고 엄마와 하늘을 번갈아 쳐다보고

천둥과 번개는 얄짤없고

빗줄기는 점점 거세지고

자욱해지는 연기에 기침과 눈물은 쏟아지고

한낮의 독서

나는 맑은 샘물과 고인 물이 가득한 항아리여서 조금만
몸을 기울여도 근사한 생각의 물줄기가 흘러나온다
—보후밀 흐라발, 「너무 시끄러운 고독」

볕이 창을 넘는다
물기 남은 손가락으로 부드럽게 살짝
그의 몸을 연다

먼지와 에릭 사티의 멜로디 사이
건조한 그의 몸에서 나는 소리가 좋다
손가락이 지나는 살갗마다 전해지는 그의 기분
하늘색 요를 펼친 바닥에 알몸으로 엎드리면
꿈틀거리는 생각 위를 덮치는 진지한 대화
쉬운가 하면 어렵고 어려운가 하면 다시 쉬워지는 그만
의 연애 방식
엎치락뒤치락 체위를 바꿔 가며 그를 알아 갈 때
핏줄마다 즐거운 파도가 인다

때로는 한숨이
때로는 안타까움이, 미련이, 미칠 듯한 절정과 허무함
이 교차하다

마침내 몸을 일으키면
창밖의 소란에 묻어오는 일상과 햇살의 냄새

짜릿한 낮술처럼 부푸는 방
정갈하고 서늘한 그의 이마에 새겨진 문장을
천천히 입술로 더듬는다

목욕탕과 눈사람

노인의 등은 둥글다. 둥근 등 위에 바짝 짧게 자른 하얀 머리가 작고 동그랗게 얹혀 눈사람 같다.

그 눈사람에게 등을 맡기고 있는 살집 좋은 중년의 여자와 초록 때수건을 이 손 저 손 번갈아 가며 느리지만 정성을 다해, 목욕탕의 눈사람이 때를 미는데

저 작은 눈사람에겐 분명 버거울 일. 끙, 일어났다 앉았다 등을 미는 모습에 내 마음은 점점 불편해지고. 저 여자는 아픈가. 어디 몸이 불편한가.

탕 속에 앉아 그들의 움직임과 대화에 나의 모든 신경이 쏠린다.

엄마, 괘안나? 인자부터 등 밀지 말라 캐도. 괘안타. 내가 밥을 하나, 빨래를 하나. 니캉 모욕 와서 요래 덩 미는 기 제일 좋다. 니 얼라 때부터 해 왔다 아이가. 아직 쓸모 있는 기라, 내가

어쩌면 점점 작아졌을 하얀 머리의 눈사람도 쓸모 있다

는, 이젠 서서히 녹아 사라질 것 같은 눈사람에게 기꺼이 등을 맡기는, 희끗한 머리의 딸과 등이 둥근 노모가 나누는 젖은 목소리

　더운 김에 부연 시야, 눈 감으며 탕 깊숙이 몸 담그니 따뜻한 물이 출렁, 턱까지 차오른다.

저녁의 노래

자줏빛 구름이 나를 불렀지요

저녁 종소리는 어떻게 산을 울리는지

대나무가 어느 쪽으로 몸을 휘는지

검은 새는 어디로 날아가는지

저녁이 나를 불러 우두커니 세웠지요

낮달은 언제 지워지고 풀들은 언제 엎드리는지

두서없는 바람이 무엇을 부려 놓으며

늙은 개는 절뚝이며 어디로 가는지

저녁이 나를 불러 응시하게 했지요

어둠에 지워지는 주변

스미듯 다가오는 예정된 시간

그사이 나지막이 들리는 세상의 소란 뒤

저녁이 나를 불러 손, 놓게 하였지요

그 남자

경상도에 살면서 서울 말씨 쓰던,

술 취한 밤 골목 끝 내가 왔노라 노래로 겁 없이 소문
도 내고 도깨비와 한판 붙어 멋지게 이겼다며 윗니 아랫
니 드러낸 채 거침없이 대문 열던 유도 유단자의 잘생긴,

007 제임스 본드 상영관에서 키스 장면엔 슬며시 내
눈을 가리던 담배 냄새 짙게 밴 손가락이 좋았지만 눈이
큰 나에겐 뒷모습만 보이던 그 남자, 늘 언니를 좋아했지

마루에서 기타 치며 노래할 때 무릎걸음으로 뒤로 가
기댄 적 있었는데 그의 체온과 등을 통한 목소리에 남몰
래 눈물 흘리게 했던,

겨울 아침 학교 갈 때 운동화 찾으면 부엌 아궁이에 데
웠다가 내주던 손이 따뜻한 서울 말씨의 남자

지금의 나보다 어린 나이에 느닷없이 미련 없이 세상
을 떠나 고백할 틈도 주지 않았지만 우리의 연순 여사가
사랑한

한 번, 정말 한 번만 안기고 싶은 어릴 적 내 짝사랑,
그 남자

종아리

하얀 종아리들이
빗속을 뛰어간다
시커먼 구름이 소나기를 몰고 와
거리는 순식간
야단법석이 따로 없다
가방을 머리에 인 교복의 소녀들
소나기가 즐거운 양
웃으면서 뛰어간다
김밥천국에서 김밥을 먹던
까르르 소녀들을 눈으로 좇던 나는
왜 슬퍼지는가
첨벙이며 빗속을 가는 소녀야
무엇이 되고
누군가가 될 소녀야
이만큼 건너와서 보이는
세상의 결
아직 모르겠지만 그렇겠지만
뽀드득 마알간 종아리처럼
하얗게 터뜨리는 웃음처럼
그런 순간들이 오래

소녀들을 데리고 가 주길

단무지를 집으며 희망해 본다

그래, 눈사람

눈물을 흘릴 줄 알아 사람일 것이다
사라지는 것을 슬퍼할 줄 아는

여(與)

하늘이 좋은가요

구릉을 내려오는 염소가 멈춘 자리
별꽃이 피고
별을 쓰다듬는 염소의 눈망울과
둥글게 등을 말아 엎드린 묘지가
라라라 인사를 나누는군요

나는 즐겁습니까
나도 웃고 있나요

몽글몽글 추억들이 처음과 함께하면 좋겠군요

이랴이랴 구름도 몰려와
하늘은 참,
좋군요

오동꽃 저고리에 관한 어떤 기록

　관은 오동나무가 최곤디 내사 그런 호사는 당치도 않제

　대병짜리 소주에 멸치 한 종지를 놓고 영감은 입맛을
다셨지요
　느티나무 정자에 앉아 이런저런 말을 섞은 지 십여 분
　검붉어진 얼굴로 바투 당겨 앉는 영감에게선 이미 술기
운이 만연했답니다

　근디 그기 아는가 모르겠네 오동꽃 향기는 눈으로 맡는
것이여, 저 빛깔 좀 보더라고

　마을 앞산은 연보랏빛 봉분처럼 낮고 둥글었고요
　익히 잘 아는 향기를 기억하며 코를 발름거리는 나에
게 피식
　웃음을 던지며 영감은 소주를 거푸 들이켰어요

　저기 저 산 오동나무 아래 집사람을 두고 내려왔는디 그
때부터 저 꽃이 필 때면 내 맴이 싱숭생숭하는 거여 집사
람 누운 데를 떨어진 꽃잎으로 저고리처럼 덮어 줬는디
마누라가 평생 아끼고 좋아하던 저고리가 연보라였제 아

내가 처음 사 준 옷인디 사고로 앉은뱅이가 되아 처매는 시커매도 저고리는 이쁜 색을 고집하는 게 있더라고 그때부터 천날만날 입었는디 그 저고리를 그리 좋아할 줄 참말 몰랐제

　멸치를 집는 영감 손이 떨렸던가요 이야기를 듣던 내 목젖이 떨렸던가요

　제가 사는 동네에도 오동나무 꽃이 피었습니다 몇 해 전 25번 국도를 여행하다 만난 영감님의 이야기가 생각났지요 연보라 꽃 저고리를 입은 작은 무덤도, 소주에 멸치 안주를 맛있게 드시던 영감님도 안녕하신지 문득 안부가 궁금하여 하릴없이 오동꽃만 보다 집을 나서 보는 그런 하루가, 지나는 중입니다

피습
—H의 그해 여름

옅은 안개는 덥고 습도도 높았다 집으로 가는 길이 왜 이리 먼가 가방을 멘 등은 축축하고 뜨거웠다

땀 젖은 손으로 대문을 열자 마루에는 할머니를 비롯하여 식구들이 빙 둘러앉아 점심을 먹는 중이었고 두 개의 밥상에는 큰 대접마다 김이 모락모락 났다 아버지와 옆집 아저씨는 충혈된 눈빛으로 낮술을 하고 있었다

엄마가 퍼 온 국 사발엔 국물과 고깃덩어리, 기름기가 가득했다 웬 고깃국물, 물을 새도 없이 나는 허겁지겁 퍼 먹다가 해피 생각이 났다

어젯밤 녀석을 끌고 동네를 돌았는데 꼼짝하기 싫은 녀석은 몇 번이나 버티었으나 줄을 잡아당기는 나를 이길 수 없었다 그제야 후텁지근한 밤이 힘들었다는 것을 혀를 빼물고 가쁜 숨 몰아쉬는 녀석의 죄 없는 눈을 보며 깨달았다

어제의 미안함을 담아 살코기를 주려고 마루 밑으로 고개 숙여 녀석을 불렀다 개집 근처와 수돗가며 장독대를 둘

러봐도 꼬리를 흔들던 해피는 없었다

　코를 처박고 국밥을 먹던 형과 마루에 앉아 있던 식구들
은 먹던 것을 멈추고 힐끔 서로를 쳐다보는 듯했다

　아가, 그거, 니 손에 든 기 바로 해피다

　주름진 할머니의 입술 주변이 기름기로 번들거렸다 화
덕의 가마솥엔 아직 김이 오르고 엉거주춤 서 있는 어머
니 뒤로 이미 취기가 오른 아버지가 보였다

　마당 한가운데 태양이 꽂혔을까 사방이 왜 캄캄해지지
주저앉는 나를 부르는 식구들의 목소리 내 손에는 끝까지
한 점의 살코기가 쥐여 있었다

　말복이라 하였다

만곡(彎曲)

여기 보이죠
위 척추뼈가 아래 척추뼈보다 배 쪽으로 밀려 나갔어요
휘어진 뼈가 신경을 눌러 허리가 아픈 거예요
더 심해지면 수술해야 하고요
건조한 목소리를 가진 의사는 까만 필름지에 토르소
로 박힌
나의 척추를 보여 주며 의자 깊이 기댔다

게으름과 권태 사이
가끔 샛길로 빠지는 나를 이끄느라
몸은 안간힘을 쓰고 있었구나
미처 다듬지 못한 모서리 없애느라
둥글게 휘어지려 애쓴 흔적

마음이 몸을 따라가고
몸이 마음을 따라가기도 하는 날들의 연속

뒤처지는 마음 앞세우려 먼저 나간 몸과
감당하지 못한 습관의 힘에 대하여
정신과 육체가 나란히 균형을 이룬다는 것에 대하여

새우처럼 구부려 곰곰 생각해 본다

소사동 팽나무

―겨울

나무는 잎을 버렸다
무성했던 잎 사라진 자리
가늘고 길게 찢어진 가지, 가지마다 하늘을 들어앉혀
검은 혈관 꿈틀대는 하늘엔 새들의 날갯짓이 선명하다
삼백 살하고도 사십 년 넘은 나무의 호, 흡
마을의 기억을 새긴 가늠할 수 없는 시간이다

벌레를 키우고 새와 바람을 기르고
정월 대보름마다 집집의 꿈을 보태는
나무는 도대체 몇 개의 문을 가졌는지

나의 본적을 생각하며 올려다본다

잎을 죄 버리고도 아름다운 그는
입 없이도 전설을 말하는 그는
반농반선 월하 선생이 살다 간 곳에서
세상을 읽으며 묵언 수행 중이다

그 마음의 한 갈피라도 짐작하려
추위에 곱은 손을 뻗어 보면

완강하지만 손끝에 전해지는 나무의 기운
나는 순한 짐승처럼 오래 서 있다

그때 나는 버스 정류장에 서 있었다

먼 산이 스윽
한 걸음 다가오고
산머리는
자줏빛으로 바뀌어 가고
거뭇해지는 초록의 표지판 곁
늙은 팽나무
바람을 거두고
고립된 짐승마냥 우두커니
두 눈은 하늘과
땅 사이를 서성이고
어쩌면 무슨 일 있는지 몰라
버스는 아무래도
오지를 않고
죽은 새 보았던
한낮의 기억이
낯선 마을 저녁에
어둑어둑 잠기고
궤도를 이탈한 별처럼
하염없이 기다리다
기다리다

그만 끝날 것 같은

저녁의 얼굴

저녁에 돌아오는 얼굴은 순하다

희망이 그린 지도에서 길을 헤매다
갈기 헝클어진 사자이거나
오를 수 없는 킬리만자로 바라만 보는 초원의 기린이거
나

때로는 이빨을 때로는 눈빛을 숨기고
차마 뱉지 못한 말들과 찢어진 입으로 웃어야 하는 광대
처럼
천둥 같은 오후를 보낸

인욕의 주름 하나 더 새겨지는 이마

저기, 어둠 속에서도 명징하게 울리는 굽 닳은 구두 소
리와 휴전의 그림자를 끌며

저녁
얼굴이 오고 있다

일몰 그러나 아직 기억은 남아 있다

황정산(시인, 문학평론가)

1. 들어가며

희망을 가져라, 항상 행복했던 시절을 생각하라고 말하지만 우리는 대부분 좌절과 절망과 비관적 전망을 쉽게 지우지 못하고 살고 있다. 그것은 우리가 살면서 우리의 욕망의 좌절을 매일 매 순간 겪으며 살고 있기 때문이다. 그렇게 보았을 때 우리가 느끼는 대부분의 정서는 슬픔과 연관되어 있다. 행복과 기쁨마저도 사실은 이 욕망의 좌절에서 오는 슬픔을 잠시 잊기 위한 것인지도 모른다. 많은 예술 작품들이 이별과 좌절과 비탄을 주제로 한 슬픔의 정조를 깔고 있는 것은 이와 무관하지 않다.

그런데 이 슬픔을 과장하면 그것은 감상주의가 된다. 반대로 이 슬픔을 이념적 견결성으로 넘어서고자 하면 그것은 관념적인 정신 승리의 시가 되고 만다. 시는 어쩌면 이 양극단의 중간에서 만들어진다. 슬픔을 오직 언어의 힘으로 견뎌 내려는 팽팽한 긴장감 속에서 시가 만들어지고 시가 단단해진다.

이서린 시인의 이번 시집의 시들에서 우리는 바로 그런 시의 힘을 발견한다.

2. 슬픔의 내면과 저녁의 상상력

이서린 시인의 시들 역시 이 슬픔의 정조에서 출발한다. 그의 시를 읽다 보면 우리의 삶이 모두 이 슬픔과 연결되어 있는 것 같다. 슬픔은 삶의 모든 영역에 편재해 있고 우리는 이를 벗어날 수 없다.

20년 달린 차는 오르막에서 더디고

끔찍한 엔진 소린 고막을 긁어 대고

라디오에선 잡음 섞인 팝송이 흐르고

겨우 한숨 돌릴라치면 터널이 시작되고

터널을 나오면 숨넘어가는 해

죽은 고양이의 말라붙은 털 붉게 물들이고

이렇게 차를 몰다 영영 사라질 것 같은

나는 왜 사는지 무엇이 현실인지

그사이 빨려들 듯 진입한 도시

도로는 막히고 넌 계속 통화 중

어둠은 기습처럼 사물을 지우고

분명 집은 있는데 너무 멀리 있어

들리지 않는 목소리 애써 찾아가지만

차창 밖 불빛만 끝없이 이어지고
　　　　—「왜, 그럴 때 있잖아 지긋지긋해서 슬픈」전문

　시인은 막히는 도로 위의 차 안에서 슬픔을 느낀다. 그 슬픔을 시인은 "지긋지긋해서" 느끼는 슬픔이라 말하고 있다. 그런데 이 지긋지긋함은 단순히 갇혀 있다는 답답함과는 차이가 있다. 지긋지긋함은 이 답답함이 계속될 것이라는 좀 더 큰 좌절감을 포함하고 있다. 그리고 그 좌절감은 결코 채워지지 않을 우리의 욕망을 생각하게 해 준다. "분명 집은 있는데 너무 멀리 있"는 집으로 표현된 삶의 안온함도 "들리지 않는 목소리"를 애써 찾는 소통에의 욕망도

결코 채우지 못하리라는 절망감이 이 지긋지긋하다는 말
속에 들어 있다. 이러한 욕망의 충족은 "지긋지긋"하게 끊
임없이 연기되고, 우리의 삶은 "고막을 긁어 대"는 엔진 소
리 속에서 듣는 잡음 섞인 라디오 음악만이 잠시의 위안을
줄 뿐이다.

　이서린 시인에게 슬픔은 보다 근원적이다.

　　아직 태어나지 못한 울음이 있다

　　도무지 가늠할 수 없이 검고 어두운 바람 소리로 창을 닫
　아도 커튼을 내려도 사방에서 밀고 들어와 몸을 빨아들이는
　울음이 있다

　　(중략)

　　그 밤마다 잠들지 못한 짐승이 있다
　　어쩌면 차마 눈감지 못한 전생의 울음

　　밤은 곳곳에 늪을 만들어 푹푹 발이 빠지고 백 년 넘은
　나무가 안개 속에서 운다

　　세상의 끝을 건너면서도 끊어지지 않는 울음의 두께
　　나는 이름 하나를 또 보탠다
　　　　　　　　　　　　　　　　　—「울음의 두께」 부분

"태어나지 못한 울음"이란 우리의 삶에 내재된 슬픔의 존재 자체이다. 생명의 근원에 그리고 삶의 역사에 이 슬픔은 깊이 새겨져 있어 "세상의 끝을 건너면서도" 벗어날 수 없다고 시인은 생각한다. 결국 '나'라는 존재도 내가 살아온 모든 시간들도 이 슬픔을 강화하는 한 부분일 뿐이라는 것이다. 슬픔은 이렇게 시인에게 피할 수도 벗어날 수도 없는 커다란 두께로 밀려오고 있다.

그런데 이 슬픔은 시간과 밀접한 관련을 가지고 있다. 「블레이드 러너」라는 SF 고전 영화가 있다. 이 영화에서 리플리컨트라고 불리는 인조인간들은 사랑을 느끼면서 욕망에 눈을 뜬다. 하지만 자신들의 생명이 아주 짧은 시간만 정해져 있다는 것을 알고 절망해 자신들을 만든 과학자를 찾아가 살해한다. 시간이 욕망을 더 부추기고 그 욕망의 좌절을 더 파괴적으로 느끼게 만든 것이다. 인간 역시 마찬가지이다. 욕망은 채워지지 않고, 유보된 결핍은 시간의 제약 속에 더욱더 우리의 좌절과 슬픔을 강화한다.

이서린 시인의 시들에 '저녁'이라는 시간이 자주 등장하는 것도 이와 무관하지 않다. 저녁은 바로 이 욕망의 좌절을 확인하는 순간이다. 그러므로 저녁은 슬픔의 정서와 맞닿아 있는 시간이다. 슬픔은 욕망의 좌절에서 오는 감정인데 하루가 저물어 가는 저녁이라는 시간은 충족되지 못한 욕망으로 생긴 결핍이 더욱더 안타깝게 다가오는 때이기 때문이다.

다음의 시를 보자.

자줏빛 구름이 나를 불렀지요

저녁 종소리는 어떻게 산을 울리는지

대나무가 어느 쪽으로 몸을 휘는지

검은 새는 어디로 날아가는지

저녁이 나를 불러 우두커니 세웠지요

낮달은 언제 지워지고 풀들은 언제 엎드리는지

두서없는 바람이 무엇을 부려 놓으며

늙은 개는 절뚝이며 어디로 가는지

저녁이 나를 불러 응시하게 했지요

어둠에 지워지는 주변

스미듯 다가오는 예정된 시간

그사이 나지막이 들리는 세상의 소란 뒤

저녁이 나를 불러 손, 놓게 하였지요

—「저녁의 노래」 전문

시인은 "예정된 시간"이 주는 압박감에서 슬픔을 느끼고 있다. 그리고 그 저녁이라는 시간은 자신의 삶의 허망함을 깨닫게 해 준다. "늙은 개는 절뚝이며 어디로 가는지"라는 구절을 통해 자신의 삶 역시 결국은 채울 수 없는 지향을 잃은 절름발이 욕망이었음을 깨닫는다. 그것이 가능한 것은 "세상의 소란"이 끝나는 시간에서 "손, 놓게 하였"기 때문이다. 그런데 여기서 시인은 "손"과 "놓다" 사이에 쉼표를 두고 있다. 그것은 이 구절이 이중의 의미를 가질 수 있게 하기 위해서다. 욕망을 추구하는 세상살이의 일을 그만두는 것을 의미하기도 하면서 동시에 저녁이라는 시간과의 만남을 끊고 싶은 또 다른 욕망을 표현하는 말이기도 하다.
　다음 시에서는 이 저녁의 정서가 좀 더 선명하게 부각되어 있다.

저녁에 돌아오는 얼굴은 순하다

희망이 그린 지도에서 길을 헤매다
갈기 헝클어진 사자이거나
오를 수 없는 킬리만자로 바라만 보는 초원의 기린이거나

때로는 이빨을 때로는 눈빛을 숨기고

차마 뱉지 못한 말들과 찢어진 입으로 웃어야 하는 광대
처럼
천둥 같은 오후를 보낸

인욕의 주름 하나 더 새겨지는 이마

저기, 어둠 속에서도 명징하게 울리는 굽 닳은 구두 소리
와 휴전의 그림자를 끌며

저녁
얼굴이 오고 있다
―「저녁의 얼굴」 전문

시인은 저녁의 의미를 "인욕의 주름 하나 더 새겨지는
이마"라는 이미지로 형상화하고 있다. 인욕이 인간의 욕심
을 나타내는 인욕(人慾)이건 욕됨을 견디는 인욕(忍辱)이건
이 시의 의미에 크게 상관은 없다. 욕망이거나 욕망으로 인
해 생기는 치욕을 견디는 것이거나 그것이 우리의 이마에
주름을 새기듯 시간의 마디를 만들고 있다는 것이다. 그런
점에서 저녁은 인간의 욕망과 그 욕망의 좌절을 더욱 부각
시키는 시간이다. "천둥 같은 오후"에 그 격렬한 욕망이 순
한 얼굴로 좌절을 확인하는 순간이다. 그것은 분노와 절망
같은 격렬한 감정이 아니라 슬픔이라는 순한 얼굴로 우리
를 맞이한다.

시인은 이 슬픔의 얼굴을 다음 시에서는 아주 재미있는
표현으로 보여 주고 있다.

북쪽의 얼굴이란 이름이 마음에 든다 하였다, 그는
북면(北面)이란 이름은
사방 어디에서도 북면이며
동면도 서면도 남면도 아닌, 북면
이라는 발음이 마음에 든다고도 하였다
복면처럼 들리기도 하여
표정을 알 수 없는 복면을 썼을 것 같은
북쪽의 얼굴

(중략)

어둠에 묻힌 그의 뒷모습과
돌아오는 새들로 무성한 대숲 소리
간혹 우울한 짐승의 울음이 밤하늘에 퍼지는
여기는 아직
북면의 안쪽

　　　　　　　　　　　　　　　　　　　—「북면」 부분

'북면'은 북쪽 마을이거나 산의 북쪽 사면을 뜻한다. 볕이
덜 들고 어둠과 차가움이 존재하는 곳이다. 시인은 이 북면
을 발음과 글자 모습이 비슷한 '복면'이라는 말과 함께 들

려준다. 그것을 통해 북면처럼 어둡고 슬픔에 찬 표정을 우리 모두 복면처럼 두르고 살고 있음을 나타낸다. 우리의 내면은 "북면의 안쪽"처럼 "우울한 짐승의 울음"으로 차 있는 곳이기 때문이다.

3. 희망과 치유로서의 기억

앞서 지적했듯이 이서린 시인의 시들은 슬픔이라는 정조를 주조로 하고 있다. 하지만 그의 시들은 비탄에 빠져 있지는 않다. 다시 말해 '애이불비(哀而不悲)'라 할 수 있다. 그의 시에서는 더러 슬픔이 아늑함과 따뜻함으로 느껴지기도 한다. 이서린 시인의 시들만이 가지는 한 특성이라고 할 수 있다.

먼 산이 스윽
한 걸음 다가오고
산머리는
자줏빛으로 바뀌어 가고
거뭇해지는 초록의 표지판 곁
늙은 팽나무
바람을 거두고
고립된 짐승마냥 우두커니
두 눈은 하늘과
땅 사이를 서성이고
어쩌면 무슨 일 있는지 몰라

버스는 아무래도

오지를 않고

죽은 새 보았던

한낮의 기억이

낯선 마을 저녁에

어둑어둑 잠기고

궤도를 이탈한 별처럼

하염없이 기다리다

기다리다

그만 끝날 것 같은

　　　　　　　—「그때 나는 버스 정류장에 서 있었다」 전문

　이 시 역시 슬픔을 깔고 있다. "죽은 새"나 "고립된 짐승"
은 이 슬픔을 표현하는 상관물이다. 하지만 이 슬픔이 격렬
한 비탄으로 이어지지는 않는다. 차라리 시인은 이 슬픔 속
에서 안온함을 느끼고 하염없는 기다림 속에서 자신의 존
재를 확인하는 시간의 여유를 느끼고 있다. 슬프지만 결코
비탄에 빠지지 않고 안온한 삶의 온기를 잃지 않는 것은 무
엇 때문일까? 그것은 기억 때문이다. 기억이 있는 한 인간
은 시간의 한계도 그 한계 속에서 욕망의 결핍으로 생겨난
슬픔도 견딜 수 있는 것이다.

　계절이 바뀌고 있어요 어머니

　장독대 옆 머위 잎도 커져 가고요

어린 초록 무화과에 그늘지는 오후
어김없이 뻐꾸기보다 먼저 찾아오는 소쩍새 울음에
앞산을 한 번 더 쳐다보는 날이에요
개미들이 줄지어 화분 밑으로 사라지는 풍경을
골똘히 바라보는 순돌이의 쫑긋거리는 귀
울타리로 심은 찔레꽃 향이 바람을 타고 번져요
어릴 적 어머니 앞섶에서 맡았던 냄새
연분홍 찔레는 언제 저리 피었을까요
(중략)
등 밝히다 맨발로 달려가 안을 때
찔레꽃 향기 물씬 났으면 싶은
그립다, 편지 쓰는 오월이에요 어머니

—「오월 편지」 부분

　돌아가신 어머니를 그리워하며 쓴 시이다. 어머니의 죽음과 부재는 시인에게는 큰 슬픔의 근원이다. 하지만 시인은 그 어머니를 그리워하며 따뜻한 편지를 쓴다. 그런데 편지의 내용은 모두 과거 어머니와 함께했던 일과 함께 보았던 풍경에 대한 추억이다. 그 기억들을 소환하여 시인은 어머니의 부재가 몰고 온 슬픔을 견디고 있다. 시인이 슬프지만 비탄에 빠지지 않고 세상의 따뜻함을 아직 포기하지 않는 까닭이다.

　첨벙이며 빗속을 가는 소녀야

무엇이 되고

누군가가 될 소녀야

이만큼 건너와서 보이는

세상의 결

아직 모르겠지만 그렇겠지만

뽀드득 마알간 종아리처럼

하얗게 터뜨리는 웃음처럼

그런 순간들이 오래

소녀들을 데리고 가 주길

단무지를 집으며 희망해 본다

—「종아리」 부분

작별쯤이야

큰소리치던 날들은 벌써 잊었군요

무성한 기약 뒤엔 조그만 혓바닥이 슬프다는 걸

변하는 건 사랑이 아니고 사람이라는 걸

연인들은 종종 늦게 깨닫는다지요

도무지 거절하기 힘든 따스한 숨이라면요

덧없는 맹세인 줄 알면서도 피우느라 지우느라

밤새 뒤척이는 격정의 봄밤이라면요

숨 한 번 돌릴 사이 사라지더라도

함성처럼 피다 소나기처럼 끝난다 하여도

사랑은요

벚꽃은요

서러움 뒤에 오는 허무라 해도

그러나, 꽃이잖아요

　　　　　　　　　　　　　　　　　―「그러나, 꽃」부분

　두 시 모두 기억의 중요성을 생각하게 해 준다. 소녀들의 종아리와 그것으로 표현되는 싱싱한 생명력과 그것이 주는 삶의 활력은 그들이 느끼는 이 기쁨의 순간이 기억되는 것으로서만 지속될 수 있다고 시인은 생각한다. 그리고 그리되기를 소망하면서 우리의 슬픈 삶을 견딜 수 있는 힘이 되기를 바란다. 또한 두 번째 시에서는 사랑이 꽃인 이유는 기억 때문이다. 사랑이건 벚꽃이건 서러움과 허무로 끝난다 해도 그것이 꽃이고 사랑이었다는 기억을 잊지 않으면 그것은 의미 있는 것이라는 시인의 생각이다. 제목이 "그러나, 꽃"인 이유도 바로 이 때문이다. 세상의 모든 것은 허무하고 채워지지 않는 욕망의 연속이다. 그래서 슬프다. 그러나 그것이 꽃이고 사랑이었던 기억이 있으면 우리는 이 슬픔을 견딜 수 있다는 것이다.

4. 맺으며

세상은 슬픔으로 편재되어 있다. 채울 수 없는 욕망의 좌절이 이런 슬픔을 우리에게 강요하기 때문이다. 그런데 이 서린 시인의 시들은 이 슬픔을 과장하거나 반대로 헛된 희망으로 슬픔을 애써 무시하지 않는다. 그의 시들은 이 슬픔을 마주하고 그 슬픔 속에 들어 있는 기억의 내면을 들여다봄으로써 어떤 새로운 희망과 긍정의 힘을 발견한다.

울지도 않고

날지도 않고

비에 젖어 옥상 난간 한참 서성이던 그때처럼

오지게 젖고 있는

저, 새

—「저, 새」 부분

시는 "울지도 않고" "날지도 않"는 것이다. 감상적인 언어로 비탄에 젖지 않으면서 초월적인 몸짓의 가식적인 언어로 세상의 슬픔을 지우고 넘어서는 것도 아니다. 단지 결핍이 몰고 오는 슬픔을 "오지게" 견디는 언어 그것이 바로 이 서린 시인이 추구하는 시의 언어이다.